Kurzstrecke

Geschichten und Gedichte für unterwegs

A.T.E. Haubrich

Angela und Thomas E. (A.T.E.) Haubrich
Weetzener Str. 2, 30974 Wennigsen

Herstellung und Druck:
Siehe Eindruck auf der letzten Seite

Covergestaltung: Angela und Thomas E. Haubrich

ISBN-10:1500900583
ISBN-13:978-1500900588

Für Nicole und Melissa

Wir danken unseren tierischen Lehrmeistern:
Eilien, Benno und Deda - unsere treuen Weggefährten.
Melchior, Trixie, Heidi, Cosi, Darmin und Dali, sowie
Paul und seine Nonnen, die uns zeigten, dass das
Landleben doch nicht so romantisch ist.
.

Zeitenkinder

Da sind wir also – Kinder einer Zeit,
als der Fernseher das Wohnzimmer
und der Mensch den Mond eroberte.
Und wir, gerade mal der Worte mächtig,
waren dabei – mittendrin in Reihe eins,
staunend, ahnend, ewiglich fasziniert.

Da sind wir also – Kinder jener Zeit,
geprägt von Marx, Frogs und Coke,
von Obelix und tönenden Scheiben,
von Kellys Leinen und seinen Steinen,
von Clementines Wahn und Rudis Bahn,
vom sechsten Paul und Uhses Gaul.

Da sind wir also – Kinder dieser Zeit,
beherrscht vom Hype um Skype,
vom Twittergewitter im Datenstrom,
App-Depps, verloren im Digital,
Blumes Anna lügt nicht, sie trügt,
sind Jedermanns Kinder, fest gefügt.

Leben

Es kam mit der Morgenpost: ein ganz normal aussehendes Paket in braunem Packpapier und verschnürt mit derber Doppelschnur. Es unterschied sich in nichts von den Tausenden anderer Pakete, wie sie die Postboten tagtäglich austragen. Mit diesem aber hatte es eine besondere Bewandtnis – eine ganz besondere …

„Das ist aber ein leichtes Paket – genau genommen ist es federleicht", wunderte sich Ben. Er zerschnitt die dünne Schnur, klappte den Karton auf und ein zweites Paket kam zum Vorschein, und dann noch eins und noch eins, ähnlich wie eine russische Matrjoschka. Und im letzten Karton lag ein Zettel, mit roter Tinte handbeschrieben: „Stell die Kartons heute Nacht vor Deine Tür und Du kannst etwas Wundervolles erleben." Kein Absender. „Was soll denn das?" Die Worte wirbelten in seinem Kopf umher. Er fühlte sich wie ein kleiner Junge, der aufgeregt auf den Heiligen Abend wartete.

Er hatte bereits tief geschlafen, als jemand energisch an seine Tür klopfte. Anschließend Nachtstille. Ben war schlagartig wach und öffnete die Tür vorsichtig einen Spaltbreit. Sein Blick senkte sich fast mechanisch: „Ach du meine Güte, wer bist denn DU?" Im kleinsten Karton stand ein brauner Plüschbär, der ihm seine Vordertatzen entgegenstreckte und dabei fröhlich zuzwinkerte.

In einem anderen lagen verschiedene Flaschen und Beutelchen und in dem großen, da, tja, da schlief ein Baby. Misstrauisch beäugte er das kleine Wesen. Es war wunderschön: schwarze, seidige Haare und ein Gesicht wie aus Jade geschnitten. Ein himmlischer Glanz schmiegte sich um das Baby. Er hob es auf und nahm es mit in sein Schlafzimmer, stellte den Karton behutsam auf sein Bett. Das zärtliche Schnorcheln des Kindes machte ihn schläfrig.

„Das tut so gut, jetzt kann ich einschlafen ohne Schlaftabletten."

In den letzten Monaten hatte er sich in einer Lebenskrise befunden. Es beschäftigte ihn immer wieder die Frage nach dem Sinn *seines* Lebens. Warum war er auf dieser Welt - und was würde die Zukunft noch bringen? Er hatte keine Kraft, fühlte sich gefangen. Bisher hatte er keine Antwort gefunden, vielleicht war dieses Kind ja eine.

„Nun schrei' doch nicht so, ich mach ja schon. Ich weiß zwar nicht was, aber irgendwas wird mir schon einfallen. Hast du Hunger? Oh Mann, warum lag denn keine Gebrauchsanweisung dabei? Okay – im Internet findet man für alles eine Erklärung: Babys richtig wickeln, Babys gut füttern, Schlafmusik für Babys und sogar Babynahrung selbst gemacht."

Ben schaute sich einige Videos an und wiegte das Baby zärtlich in seinem Arm. Er schmiegte seine Wangen an das Gesicht des kleinen Kindes. Es fing an zu lachen und umklammerte seinen Finger. Zum ersten Mal seit Jahren spürte er sich selbst wieder. „So, nun wollen wir dir mal die Windeln wechseln und deine Flasche bereiten."

„Was tue ich hier eigentlich? Ruf lieber die Bullen." Ben musste über sich selbst lachen: „Babys sind nicht gefährlich. Sie sind das pure Leben und ich soll mich um das eine hier kümmern. Spinnst du, Ben?" In seinem Kopf tobte ein Orkan.

„Ist gut, Kleines, Onkel Ben ist nur ein bisschen verrückt. Du bist nicht deprimiert wie ich, du lebst einfach in den Tag hinein, genießt die Augenblicke, lächelst und bist glücklich, du lebst, liebst und wirst geliebt."

„Frau Akera, es ist etwas ganz Besonderes passiert - ein Wunder." Der Arzt rief es laut über den kalten Krankenhausgang.

„Ihr Mann ist erwacht. Er ist aus dem Koma erwacht - es geht ihm gut! Er öffnete die Augen und erklärte uns: Der Sinn des Lebens ist zu leben."

nurder

nur		wer		liebt
der	kann		auch	hassen
nur		wer		hält
der	kann		auch	lassen
nur		wer		nimmt
der	kann		auch	geben
nur		wer		stirbt
der	kann		auch	leben

eins

auch
malis
wüste
lebt

glaubensfeste
moralisten
und
gotteskrieger

brandschatzen
schriften
und
museen

zerstören
stätten
und
gräber

versklaven
lachen
und
menschen

auch
europas
moralisten
leben

verdammen
waffengänge
und
befreiungshilfe

glaubensfest
wüste
wahrheiten
besitzend

Der Kopf…

…ist da, Punkt eins, zum Denken,
des Körpers Kraft mit Geist zu lenken.

Er kann, Punkt zwei, auch taugen,
als Höhle für die Augen.

Oder er ist erkoren,
als Stützpunkt für die Ohren.

Im Falle, dass er ausgelaugt,
er nur als Mützenstütze taugt…

Ticket in den Himmel

„Das kann nicht Ihr Ernst sein!“

Entgeistert sah Hannes Diehsel seine unerwünschten Fahrgäste an. Auf seinem blassen, grauen Gesicht bildeten sich Schweißperlen, die wie kalte Regentropfen von der Stirn über sein spitzes Kinn auf die Busfahreruniform perlten. Vor dreißig Jahren hatte er sein Leben als Busfahrer für geistig behinderte Schulkinder begonnen. In seinem Gesicht sah man immer häufiger Züge der Unzufriedenheit, Kränklichkeit, der Trägheit und der Lieblosigkeit.

Sicher, es war immer die gleiche Tour: von Alt Dinglingen nach Ottershausen und zurück. Der einzige Höhepunkt war die kurze Auffahrt auf die Autobahn. Hier erreichte er mit dem Bus Geschwindigkeiten, die die Müdigkeit aus seinem Gesicht lösten und mit denen er jede Unpünktlichkeit wieder ausglich. Er war während seiner langen, spröden Dienstzeit kein einziges Mal zu spät gewesen. Und so sollte es auch bleiben.

„Nun lass mich doch mal mit diesem netten Herrn sprechen, Hilde.“ Hilde schaute belustigt zu ihrer Freundin Lore.

„Also, Herr Busfahrer, wir beide, die Hilde und ich, möchten ein Ticket in den Himmel.“

Hilde presste die Hände auf ihren Mund, ihre Augen sprühten vor Übermut. Gleich würde sie lauthals und ungeniert loslachen.

Lore ergriff wieder das Wort: „Wir sind zwei alte Frauen und möchten in ihrem Bus mitfahren. Unsere Füße können uns nicht mehr tragen, wissen Sie? Wir lösen auch ein Ticket bei Ihnen."

Jetzt konnte sich Hilde nicht mehr halten, sie prustete los: „Ja, ein Ticket in den Himmel", dabei setzte sie eine Scherzbrille mit Wackelaugen auf. Die beiden alten Damen schlugen sich wiehernd auf ihre Schenkel. Nun stimmten auch die Kinder mit ein, es entwickelte sich ein lautes Jauchzen und Getöse, so dass der ganze Bus anfing zu wackeln.

Hannes Diehsel war fassungslos. Diese beiden skurrilen Frauen hatten sich einfach in seinen Bus gesetzt. Sein Blick wanderte immer wieder zu seiner Uhr. Er war bereits mehr als zwanzig Minuten über die Zeit.

„Bitte steigen Sie aus", flehte Hannes.

„Neiiiin, nö, nein!" Gelächter.

„Aber ich bin ein Schulbus und muss die Kinder zur Schule fahren."

„Sie sind ein Schulbus …", grölten die beiden Alten.

„Ähm, nein, ich meine, ich bin ein Busfahrer mit einem Schulbus und wir sind schon viel zu spät dran..."

Hannes Diehsel war sichtlich verzweifelt. Hatten diese zwei Damen etwa getrunken? Oder waren sie aus einer Anstalt? Er würde die Polizei rufen.

„Ihr Telefon“, rief Hilde, die gerade ihren Hut zurecht zupfte und die Lachtränen aus ihrem sanften Gesicht wischte.

„Wollen Sie denn gar nicht dran gehen?“, fragte Lore, die sich wieder ein wenig beruhigt hatte.

„Was?“, stotterte Hannes.

„Mein Gott, Sie stehen aber auf der Leitung. Ihr Telefon klingelt schon die ganze Zeit.“

„Oh ja, stimmt.“ Seine rechte Hand suchte zitternd die verschiedenen Taschen ab. „Hannes Diehsel, guten Tag.“

„Hannes. Gott sei Dank. Geht es euch gut?“, ertönte es von der anderen Seite, es war die Schulsekretärin.

„Es geht gerade nicht so gut“, entgegnete er.

„Bist du in den Unfall verwickelt?“, fragte die Sekretärin besorgt.

„Welchen Unfall?“

„Sie geben es die ganze Zeit im Radio durch, auf deiner Strecke. Du müsstest doch eigentlich zu der Zeit auf der Autobahn gewesen sein. Dort hat es einen schweren Auffahrunfall gegeben, mindestens zehn Tote und viele Verletzte.“

Wieder bildeten sich Schweißperlen auf seiner Stirn.

Ganz ohne Sinn und ohne Zweck
dies Epos ist – das gleich vorweg!

Am Blocksberg, unter düst'rem Himmel,
sah ich die Katze und den Schimmel
Philosophie studieren.
Da kam ein altes Weib gegangen,
das wollt sich die Beiden fangen:
Was sind das für Manieren.

Indes – die Tiere waren schlau:
Wie ich gebannt zur Höhe schau,
seh' ich dort allerlei:
Es brachte das gelehrte Vieh
mit griechischer Philosophie
das Weib zur Raserei...

Wie die Katze mit dem Schimmel lachte,
als das Weib sich aus dem Staube machte
und auf dem Mars verschwand.
Die Katze setzte ihre Brille auf,
schrieb einen kurzen Lebenslauf
als Hochschulaspirant...

Der Schimmel sprach, wie altgewohnt,
zu Jupiter, Saturn und Mond --
diesmal vom Gleichnis jener alten Frau:
Er verkündete den Sternen laut,
wie's künftige Weltall aufgebaut --
grad so, als wüsst er's ganz genau...

So mancher hat den Sinn gesucht,
und hat mein Epos dann verflucht,
weil er ihn konnt‘ nicht finden --
dabei sagt' ich doch gleich vorher,
dass gar keiner darinnen wär --
wozu also das Hirn zerschinden?!

Muss immer alles sinnreich sein --
wenn Du das glaubst, dann wirst, oh Pein,
Du närrisch wie die alte Frau;
Und außerdem, bedenke nur,
wie dumm ist doch die Kreatur --
und Du, Mensch, bist ach so schlau!?

zwei fatal banale elfchen

blau
am himmelszelt
ziehen dicke wolken
zeigen ihre prallen hüften
wasserreich

blau
am himmelszelt
ziehen dünne wolken
zaudern ihre schmalen hüften
totenreich

Wenn Gott ...

… den Mensch nach seinem Bilde schuf,
dann muss er wirklich lustig sein:
der Teufel hat da einen Huf,
wo manchen drückt ein Überbein.

Boshaftigkeit lag ihm wohl fern -
doch wollen wir mal ehrlich sein:
Ich glaub, er lacht einfach nur gern,
denn Schlimm'res gibt's als diese Pein.

Ein Stück Picknick, bitte

Picknick-Platz zu vermieten, inklusive Korb. Sie las die Anzeige in der Zeitung mindestens zehnmal. Warum eigentlich nicht? Sie lebten in einer Großstadt, in der es viele Parks gab, jedoch lieferte niemand gleich den Picknick-Korb mit.

„Klar, wenn ich Brötchen kaufen gehe, gehe ich in eine Bäckerei und sage: Sieben Brötchen, bitte! Und wenn ich ein Picknick machen möchte, ja, dann gehe ich zu einem Picknick-Verleiher: Ein Stück Picknick, bitte!"

Sie wälzte ihren sportlichen Körper genüsslich auf dem Bett hin und her. Sie waren nun seit fünf Jahren ein Paar.

„Ach, und bitte auch ein Stück Liebe zurück, Frank soll weniger arbeiten und wieder mehr Zeit für mich haben."

Er war in letzter Zeit immer unzufrieden. Sein Kollege wurde befördert, er nicht. Dabei hätte Frank doch den Job verdient. Marlene vermutete, dass er mit Mitte vierzig in eine Midlife-Crisis geraten war. Sie selbst war 43 Jahre alt, durchaus zufrieden mit ihrem Job und ihrem Leben, wenngleich sie sich in Sachen Partnerschaft und Liebe mehr erhofft hatte.

„Frank, hör doch zu. Ich bitte dich einfach nur, heute Nachmittag ein paar Stunden mit mir zu verbringen. Ich habe eine Überraschung für dich. Es wird dir gefallen."

„Marlene, ich habe keine Zeit, ich muss arbeiten, sonst werde ich immer auf dieser Position hocken bleiben."

„Aber was ist denn schlecht an deinem Job, du verdienst viel Geld, was willst du denn noch mehr?“

Für einen Moment war es still.

„Na gut, jedoch arbeite ich dann am Wochenende und will keinen Vorwurf von dir hören.“

„Abgemacht – ich hole dich gleich ab.“

Zwanzig Minuten später saßen beide im Auto. Marlene gab Frank die Anzeige, auf der sie die Adresse notiert hatte. Er schaute ungläubig auf die Annonce, dann zu Marlene.

„Das ist jetzt nicht dein Ernst, oder? Du holst mich aus dem Büro, um mit mir ein Picknick in einem wildfremden Garten zu machen? So was gibt es doch gar nicht! Das ist Humbug!“

„Aha, gibt es nicht“, antwortete Marlene fast monoton.

„Nein, gibt es nicht – H U M B U G!“

„Frank, hör jetzt auf, ich möchte einfach nur einmal ein paar Stunden mit dir verbringen, ist das so schwer zu verstehen? Ich möchte den alten Frank zurück, und zwar den, in den ich mich damals verliebt habe.“

Eine Träne lief ihre Wange herunter.

„Sorry, Marlene – okay, wir machen dieses Picknick. Da vorn muss es übrigens sein.“

Sie erblickten ein graues Haus, an dem der Putz bereits abblätterte, davor einen Vorgarten, der nicht größer war als ein Hühnerstall und wiederum davor ein Gehweg.

„Marlene?! Ich soll mich doch nicht in diesen Vorgarten setzen und jedem vorbeigehenden Passanten zuprosten?“

„Es scheint fast so“, zischte sie ihn jetzt an.

Ein alter Mann mit weißen Haaren, tiefen Falten und lächelnden Augen kam auf sie zu.

„Ich habe euch erwartet, tretet ein in mein Reich. Fünf Jahre seid ihr ein Paar, ihr solltet besser auf eure Liebe achten. Alles Materielle ist vergänglich; was allerdings die Seele berührt, das bleibt“, sagte er und lächelte dabei sanft.

„Woher weiß der das mit den fünf Jahren? Hast du dem das etwa erzählt?“, raunte Frank in Marlenes Ohr.

„Nein, habe ich nicht. Ich weiß es auch nicht.“

Wortlos gab der Alte Marlene eine karierte Decke und einen Korb, gefüllt mit Köstlichkeiten. Er ging ins Haus.

„Du glaubst doch nicht im Ernst, dass ich mich hier hinsetze, fahr mich zurück, ich muss arbeiten.“

„Frank, bitte, fang nicht wieder von vorne an“, flehte Marlene.

E R stand plötzlich wieder neben ihnen. Aus dem Nichts war er aufgetaucht und sprach: „Ich stand mal vor einem

Schaufenster und wollte unbedingt ein paar Schuhe haben. Ich konnte sie mir nicht leisten und wurde sehr wütend. Da sah ich einen, der hatte keine Beine."

Der Alte fasste die Beiden an den Händen und ging mit ihnen hinter das Haus. Dort erstreckte sich ein paradiesischer Garten vor ihnen. Blühende Apfelbäume, eine mächtige Eiche, und am Ende des parkähnlichen Gartens plätscherte ein Flüsschen.

Sie breiteten die Decke aus, aßen, tranken, umarmten sich und schwiegen. Den Alten sahen sie nie wieder.

v wie wissen

fahr ab auf nsu
quickly, prinz und auch ro
bin in jena ohne ruh
auf deutschem kneipenklo

dort setzen neben mich
ich glaub sie essen fisch
glatze gestalten sich
mobil liegt auf dem tisch

nein sie essen
nicht sie fressen
klauen schauen bauen
bomben – sicherlich

hundeleben

der herr dinger
ist ein ringer
auf m moos
gehts famos
auf m teer
fällts m schwer

Das Volk der Dichter und Denker

Heute gab's den Monatslohn,
nun hocken sie seit Stunden schon
im Gasthaus „Zum Wilden Mann“, –
saufen – geben mächtig an
und betreiben Wirtschaftskunde.
Noch 'ne Runde, – noch 'ne Runde:
So dokumentieren sie
die wahre Demokratie…
Auch von Literatur und Kunst
haben sie gar mächt'gen Dunst! –
Nur schade, dass just den Denkern und Dichtern
der Alkohol fällt aus ihren Gesichtern…

Mathildas Erbe

Wir wohnten im gleichen Haus. In Hamburgs wohl dreckigster Wohngegend, mit Kakerlaken in der Küche. Diese Biester krochen aus der Lüftungsanlage, die in jeder fensterlosen Küche des 5-stöckigen Hauses installiert worden war. Nicht zehn, nein hunderte, wie eine Armee, die immer mehr Soldaten ins Schlachtfeld schickte. Meine Mutter spannte eine Perlonstrumpfhose vor das Lüftungsrohr, um die Viecher auszusperren.

Ich habe sie jeden Tag im Hausflur gesehen. Sie hieß Mathilda. Wir haben nie miteinander gesprochen, ich meine, so, wie 15-jährige Mädchen miteinander reden. Über Jungs und coole Musik und den trendigsten Nagellack. Wir sagten "Hey" und dann ging sie schnell weiter. Sie schaute mich nie an. Mich hingegen faszinierte sie vom ersten Tag an. Sie war sehr dünn, ihr Bauch war eingefallen, jedoch ihre Arme waren muskulös. Ihre dunkelbraunen Haare reichten bis zum Po und ihre Wangenknochen stachen hervor. Sie wirkte stark und zerbrechlich zugleich.

Mathilda hatte eine Zwillingsschwester, die bei der Mutter lebte. Die Mutter ließ Mathilda zurück, als sie 4 Jahre alt war. Sie soll damals gesagt haben: „Ich kann mich nur um ein Kind kümmern, soll der Alte doch zusehen, wie er mit dem anderen Balg fertig wird.“

Der Alte war ein Tyrann, wie meine Mutter immer sagte. Ich hatte große Angst vor ihm. Er war ein Meter neunzig groß und bullig. Graue speckige Haare, die bis zum Kinn reichten. Die meisten Tage im Jahr lief er in einem weißen Unterhemd herum, ich meine, wenn man das noch weiß nennen konnte. Meine Mutter und ich rätselten immer, was es wohl in der Woche alles zu essen gegeben hatte. Den Flecken nach waren es Kaffee und verschiedenfarbige Suppen. Er war ekelhaft. Mathildas Mutter hatte er auf den Strich geschickt und geschlagen, bis sie davonlief.

Nun dachten alle, dass er auch Mathilda bald auf den Strich schicken würde. Die Leute im Haus glaubten auch, dass die Mutter tot war, weil sie immer gesoffen hatte.

"Die Mathilda hat ein schweres Erbe zu tragen", sagte stets meine Mutter. Mathilda ging noch zur Schule und schmiss den Haushalt. Sie ächzte Bierkisten in den 4. Stock und schleppte die Wäsche in den Keller. Trug den Müll raus und kochte ihrem Alten das Essen. Immer wenn es vom Amt Geld gab, brachte er eine Frau mit nach Hause, dann durfte Mathilda nicht in die Wohnung. Einmal hatte ich gesehen, wie sie bei Martin klingelte. Der lebte allein, ich schätzte ihn auf Mitte zwanzig. Er ließ sie dann immer rein.

Mathilda und ich gingen in die gleiche Klasse, sie saß in der letzten Reihe und meldete sich nie. Wenn die Lehrer sie etwas fragten, wusste sie immer die richtige Antwort. Mathilda schrieb ganz gute Arbeiten und ihre Zeugnisse waren passabel. Irgendwie konnte sie wohl zuhören und träumen zugleich. Es sah immer so aus, als würde sie nur aus dem Fenster schauen und sich weit weg wünschen.

Dann passierte das mit Martin. Es war vor den Sommerferien, im Juni, kurz vor unserem Schulabschluss.

Mathilda kam nicht mehr in die Schule. Ihr Vater hatte sie heftig geschlagen, dadurch war ihr Gesicht entstellt. Worum es ging, konnten wir nur ahnen. Sie war danach zu Martin geflüchtet und daraufhin hatte ihr Vater voller Zorn Martins Wohnungstür aufgebrochen. Martin schlug zu. "Der Alte hat mächtig eins auf die Fresse gekriegt", tönte Herbert aus dem 1. Stock.

In der nächsten Woche versperrte ein Kleintransporter unseren Gehweg vor dem Haus. Mathilda saß auf dem Beifahrersitz und Martin trug Möbel raus. Auf dem Bürgersteig standen abgeschlagene Regale und ein Ehebett.

Herbert aus dem 1. Stock stellte sich neben mich auf den Bürgersteig: "Die sind jetzt ein Paar, ein besseres Leben wird sie da auch nicht haben."

"Warum nicht?", fragte ich, immer noch schockiert darüber, dass sie wegziehen wollte.

"Der ist doch nicht besser als ihr Alter, der nutzt nur die jungen Mädchen aus, hat noch nie gearbeitet. Ist dir das nicht aufgefallen?"

Nein, es war mir nicht aufgefallen. Ich hatte ihn eigentlich nie wirklich beachtet. Er war für so junge Mädchen wie uns einfach zu alt, dachte ich jedenfalls immer. Er sah unscheinbar aus. Einmal blickte ich ihm kurz in die Augen. Es waren triste Augen in einem fahlen Gesicht. Seine Lippen waren ganz schmal und immer aufeinander gepresst. Ich ging ihm aus dem Weg, da er so schnell zornig werden konnte.

"Das wird für das Mädchen nicht besser, glaube es mir", lallte Herbert mich weiter voll.

Der Transporter fuhr weg und ich winkte ihr nach wie ein kleines Kind, das einer geliebten Freundin nachtrauerte.

Ich musste noch oft an sie denken. Ihren Vater besuchte sie nicht ein einziges Mal. Seitdem sie weg war, betrank er sich schon morgens. Frauen kamen nicht mehr zu Besuch und sein Bier schleppte er fluchend die Treppen in den 4. Stock hoch.

Es war der 21. März, mein 18. Geburtstag, an dem ich es in der Zeitung las. Ich lehnte am Küchenschrank, die Zeitung über den Herdplatten ausgebreitet und mit einer Hand griff ich ein Stück von meinem Geburtstagskuchen.

Es stand ganz groß auf der ersten Seite, dabei erkannte ich sie sofort. Ihre braunen Haare waren immer noch so lang, nur die Wangenknochen stachen weiter hervor. Ihre Augen wirkten eingefallen und schwarze Schatten lagen darunter.

Ich las die Überschrift: "Täter oder Opfer?"

Im Text hieß es dann weiter: "Mathilda S. erstach ihren Freund mit fünfzehn Stichen im Schlaf. Die Polizei konnte die unter Schock stehende junge Frau noch nicht vernehmen. Ungeklärt sind auch die zahlreichen alten und neuen Verletzungen an ihrem Körper ..."

Als sich meine Augen von dem Artikel lösten und ich auf die vor mir liegende Wand starrte, bohrte sich gerade eine Kakerlake mit unerschütterlichem Lebenswillen durch die Perlonstrumpfhose.

ernst und nicht nichtig

das leben
ist eben
nicht nur spiel
ohne ziel
wie's dir gefiel

das was
wir hier
machen
sind keine sachen
zum drüber lachen

sondern sie sind
geliebtes kind
richtig wichtig
und das
mehr als sehr

Echtzeitaktualisierung
ist pausiert

Das Grippe-Gerippe,
mal Schwein, mal Schwan,
verwest auf ´ner Klippe --
so kann's halt gahn…

Blümchen

Er hatte sie immer Blümchen genannt. Eigentlich war ihr richtiger Name ja Elise, aber für ihn war sie halt *sein* Blümchen. Ihr Gesicht strahlte wie eine Blumenwiese im Sommer und ihre wasserblauen Augen schauten ihn so sanft und liebevoll an. Vor über 50 Jahren hatte er sich in sie verliebt. Beide schworen sich ewige Treue und ein gemeinsames Leben bis zum Tod. Warum vergaß sie das nur immer wieder?

„Komm, du alter Zausel, auch wenn es regnet, musst du vor die Tür und deine Geschäfte machen." Jeden Tag drehten wir, ich meine damit meinen Bobtail Sam und mich, zur gleichen Zeit die gleiche Runde. Aus der Haustür heraus, dann bei der hundertjährigen Eiche rechts um die Ecke und nur noch geradeaus durch unser Dorf, bis wir in der freien Feldmark waren und Sam ohne Leine laufen durfte.

Dieses Dorf bot kaum Abwechslung. Eine kleine Sandsteinkirche mit bunten Kirchenfenstern zierte den Dorfplatz, darüber hinaus gab es die Dorffeuerwehr mit einem kleinen Einsatzwagen. In der Tat nicht unbedingt nennenswert, aber irgendwie auffällig stand neben dem Feuerwehrturm eine Telefonzelle. Warum diese noch nicht weggerissen worden war, blieb mir immer ein Rätsel, aber es gab auch noch einen Menschen, der diese Zelle benutzte - Paul Gebbert, ein alter gebrechlicher Mann, den meine Mutter gut kannte, weil sie zusammen zur Schule gegangen waren. Immer wenn ich ihr davon berichtete, dass ich den alten Paul wieder in der Telefonzelle gesehen hatte, erzählte sie mir von Elise, seiner Frau, und wie die beiden bis zuletzt Händchen haltend ihren täglichen Spaziergang durch das Dorf taten. Schließlich endete sie immer mit den Worten: „Das ist so erschreckend mit der Elise."

„… ja, jeden Tag über 30 Grad hier und strahlend blau von morgens bis abends. Es gibt eine Menge Palmen, sogar hier vor der Telefonzelle. Blümchen, wenn ich es dir sage, …"

Sam hatte etwas unfassbar Interessantes in die Nase bekommen und war von dieser Telefonzelle nicht weg-zulocken. Mit aller Kraft zerrte ich an der Leine, aber ein Bobtail kann sehr störrisch sein.

Was erzählte der alte Paul da? Palmen, hier? Strahlend blau von morgens bis abends? Dieses Sommergefühl wollte sich bei mir einfach nicht einstellen. Das Wasser tropfte mir in die Schuhe, meine Jacke war vollkommen durchnässt, mit anderen Worten, mich hatte der Regen-schauer richtig erwischt.

„Ich liebe dich auch Blümchen, bis nächsten Dienstag, dann berichte ich dir aus Italien, tschüss, Elise!" Er stieß die Tür auf und stolperte über Sam.

„Sorry – er will hier einfach nicht weg", stammelte ich. Dabei blickte ich ihm in die Augen und sah eine Träne, die sein Gesicht herunterlief.

„Es ist nichts passiert, ich bin ja nicht gestürzt. Das ist aber auch ein Schietwetter." Paul schaute mich freundlich an und ich blickte zurück. Dabei hatte ich irgendwie das Gefühl, ihm sehr nahe zu sein. „Ja, leider keine Palmen." Er schaute mich etwas fragend an.

„Entschuldigen Sie bitte, da Sam hier nicht weg wollte, habe ich gehört, was Sie sagten. Ich wollte das nicht!"

„Es ist gut, das muss sich ja auch merkwürdig anhören, wenn gleichzeitig der Himmel seine Schleusen öffnet. Ich habe mit Elise, meiner Frau, telefoniert - wie jeden Dienstag", ergänzte er.

Er fing an zu erzählen und ich wollte ihm zuhören. „Ich bin 78 Jahre alt und meine Frau ist 81, aber sie lebt nicht mehr bei mir. Ich habe versagt", dabei blickte er traurig auf. „Was ist denn mit ihr?" fragte ich.

„Es fing ganz harmlos an, sie versteckte Kartoffeln im Kleiderschrank und Geld in der Waschmaschine. Ich dachte, es läge einfach nur am Alter, aber irgendwann kannte sie meinen Namen nicht mehr. Mein Blümchen vergaß, wer ich war. Später wurde sie bockig und zornig, dann lief sie mehrmals weg. Ich war am Ende meiner Kräfte und sie kam in ein Heim. Das kann ich mir nicht verzeihen - ich wollte es schaffen, aber es ging nicht."

„Das ist traurig", ich schluckte mehrmals, „und nun rufen Sie sie immer an?" „Ja, jeden Dienstag telefoniere ich aus einem anderen Land und berichte von dort. Deshalb muss ich auch in die Telefonzelle gehen, weil sie findet, dass das echter klingt. An diesem einen Tag ist sie immer völlig klar - wie mein altes Blümchen.".

bereicherung

mit liebe verführen
ohne rast
durch nähe erspüren
ohne last
die seele berühren
ohne hast

wandlungen

verwurzelt tief im dunklen grund
strömt leben sanft zum einen hin

des einen starre form
wiegt schmiegsam fein im wind

verästelt hoch im hellen dach
strömt leben sacht zum vielen hin

des vielen einer sinn
will ewig sein als kind

Miri, Tannenbäume und der Rest der Welt

Sie wirkte klein, zart, zerbrechlich. Ich konnte keinen Blick von ihr erhaschen. Die stumpfen blonden Haare fielen immer wieder in ihr Gesicht. Ihre Augen schauten leblos in die für sie so junge Welt.

Alter, abgestandener Angstschweiß stach in meine Nase, ich saugte die Luft durch einen tiefen Atemzug ein, in der Hoffnung, den letzten Sauerstoff aus diesem Raum noch zu ergattern. In diesen Stunden wurde über das Schicksal eines Menschen entschieden. Miri.

„Nehmen Sie sie gleich mit, das wird das Beste sein. Haben Sie einen Kindersitz im Auto?", fragte mich die Jugendamtsmitarbeiterin.

Wir sahen uns erschöpft an und Jan antwortete: „Ja, wir haben alles vorbereitet. Das Kinderzimmer ist eingerichtet und auch sonst haben wir fast alles zu Hause, was wir wohl brauchen."

Sie zog mich an meinem Jackenärmel beiseite und redete sehr leise: „Ein Kind mit dieser Krankheit erlebt die Welt ganz anders als normale Menschen. Die Eindrücke der Außenwelt kann es nicht aufnehmen. Sie brauchen viel Kraft", und dabei klopfte sie mir locker auf die Schulter, als hätte sie mir gerade ein lahmes Pferd verkauft. Bei dem Vergleich fing ich innerlich an zu kichern.

Jan trug Miri auf seinem Arm zum Auto. Sie zeigte keinerlei Reaktion und suchte keine Zuneigung.

Das war vor einem Jahr. Sie schaute uns immer noch nicht an und sprach bisher kein Wort. „Kein Wort?"

„Nein Mom, Miri kann oder will nicht sprechen." Ich verdrehte die Augen. Das war eines der Telefonate mit meiner Mutter, auf das ich gern verzichtet hätte.

„Ich muss auflegen, Mom. Miri ist alleine im Garten. Ich muss nach ihr schauen. Kuss, Mom, ich ruf dich nächste Woche wieder an".

Die Kirschbäume blühten in diesem denkwürdigen Jahr besonders schön, die zarten rosigen Farben der Blütenblätter schimmerten im Sonnenlicht. Es war ein sehr warmer Frühlingstag und ich entschied mich, die Gartenliegen aus dem Keller zu holen.

Hätte ich geahnt, was an diesem Tag noch Unglaubliches passieren würde, ich …

Eine Frau öffnete die Gartenpforte und kam geradewegs auf mich zu. „Frau Jasmin Clausen?"

„Ja!?"

„Ich komme vom Jugendamt und möchte mit Ihnen sprechen. Ich mach´s kurz, die Mutter von Miriam möchte ihre Tochter zurück – und zwar sofort. Sie hat eine Therapie gemacht."

„Aber das geht doch nicht …"
„Doch, das geht, Frau Clausen, das Kind hat ja noch keinen Blickkontakt zu Ihnen aufgenommen."

„Ja, aber … Ihre Kollegin sagte doch, dass das bei einem Kind mit Autismus dauern kann. Sie können uns doch jetzt nicht einfach Miri wegnehmen.“

„Doch, das können wir. Gleich kommen meine Kollegen und werden Sie blitzdingsen – ähm, neuralisieren.“

„Blitzdingsen? Das dürfen Sie nicht, das ist seit 7 Jahren gesetzlich verboten!“

„Wir s i n d das Gesetz und Sie werden vergessen.“

Eine schwarze Limousine mit abgedunkelten Fensterscheiben fuhr unseren kleinen Stichweg hinauf. Das Auto hielt direkt vor der Einfahrt. Zwei Männer mit schwarzen Anzügen und Sonnenbrillen stiegen aus.

„Das ist sie“, schrie der eine dem anderen zu. „Schnapp sie dir.“ Der Blick war auf mich gerichtet.

„Ich kann nicht weglaufen, meine Beine bewegen sich nicht!“ Aus den Augenwinkeln sah ich, dass die Haustür offen stand. „Ich muss es bis ins Haus schaffen. Nur bis dahin, lauf, Jasmin, lauf, lauf - schneller!“

„Machen Sie die Tür auf, Frau Clausen, wir nehmen das Kind mit, blitzdingsen sie und sind wieder weg.“

Mein Kopf schmerzte. „Nachdenken, Jasmin – komm, streng dich an! Du musst telefonieren, die Polizei rufen und Jan. Er kommt gleich mit Miri nach Hause. Wo ist bloß das verflixte Telefon?“ Meine Blicke huschten durch den Flur, aber das Telefon war nirgends zu sehen.

Die Männer schlugen die Fenster ein. Nicht mehr lange und sie würden im Haus sein.

„Mein Handy, verdammt, ich finde mein Handy nicht." Meine Hände zitterten. „Ich muss es verloren haben. Bleib ruhig, bleib ruhig - scheiße!"

Der eine Typ kletterte gerade durchs Fenster. Wieder lief mir der Schweiß die Stirn herunter.

Miri rüttelte an meinem Pullover, langsam und sehr benommen öffnete ich die Augen und erhob mich von meiner Sonnenliege. Mit einem Tuch wischte ich mir den Schweiß ab.

„Mama, ich hab dich ganz doll lieb und Papa auch und, und, und Tannenbäume auch."

Dann schaute sie wieder weg.

erinnerungen

formgegebene
die einem
was
zum denken
schenken

t-offline

ich lieb ich nich [ichliebichnich]
ich will ich haben [ichwillichhaben]
ich lieb ich nich [ichliebichnich]
ich will ich mein [ichwillichmein]

ich lieb ich nich [ichliebichnich]
ich will ich laben [ichwillichlaben]
ich lieb ich nich [ichliebichnich]
ich will ich sein [ichwillichsein]

ich lieb ich nich [ichliebichnich]
ich lieb ich haben [ichliebichhaben]
ich lieb ich nich [ichliebichnich]
ich lieb ich mein [ichliebichmein]

ich lieb ich nich [ichliebichnich]
ich lieb ich laben [ichliebichlaben]
ich lieb ich nich [ichliebichnich]
ich lieb ich sein [ichliebichsein]

ich will ich nich [ichwillichnich]
ich will ich haben [ichwillichhaben]
ich will ich nich [ichwillichnich]
ich will ich mein [ichwillichmein]

ich will ich nich [ichwillichnich]
ich will ich laben [ichwillichlaben]
ich will ich nich [ichwillichnich]
ich will ich sein [ichwillichsein]

ich will ich nich [ichwillichnich]
ich lieb ich haben [ichliebichhaben]
ich will ich nich [ichwillichnich]
ich lieb ich mein [ichliebichmein]

ich will ich nich [ichwillichnich]
ich lieb ich laben [ichliebichlaben]
ich will ich nich [ichwillichnich]
ich lieb ich sein [ichliebichsein]

Der Adamsapfel…

…ist oft am Hals und ruckt,
auf und ab, wenn man schluckt.
Ähnelt dem Kropf, doch immer,
ist der bedeutend schlimmer.
Adamsapfel, ich bin versucht,
zu denken an die Edenfrucht
– und will begründen dies.
Wie schon im Paradies,
wird's auch bei diesem Apfel heißen:
Verboten ist's, hinein zu beißen…

Der Hacker

Sein Büro war ein Loch. Nicht mehr und nicht weniger. Ein verqualmter, stinkender Raum ohne nennenswertes Tageslicht im Souterrain eines Mehrfamilienhauses. Mehr konnte er sich nicht leisten; Und wenn die Aufträge weiterhin ausblieben, würde er wohl bald sein Firmenschild abschrauben und auch diese Mistbude schließen müssen. Dietrich Matteschitz, von seinen Freunden Dick genannt, arbeitete seit zehn Jahren in diesem Gewerbe: Ehefrauen und Ehemänner bespitzeln oder durch die Kaufhausgänge schlendern und Ladendiebe erwischen. Dick träumte von dem ganz großen Fall. Endlich mal was wirklich Spektakuläres aufdecken. Aber das gab es wohl nur in den Krimis, von denen er schon so viele gelesen hatte.

Durch das schmale Fenster im Souterrain sah er zwei schlanke, feminine Beine, in kurzem Rock, die Treppe zu seiner Eingangstür hinuntersteigen.

„Sind Sie Dietrich Matteschitz?

„Ja, der bin ich. Soll ich Ihren Mann observieren?“ Gelangweilt erhob sich Dick von seinem Chefsessel.

„Nein, mein bester Freund wurde vom Verfassungsschutz ermordet und Sie sollen den Fall an die Öffentlichkeit bringen.“ Die Frau blickte entschlossen.

„Erstens: Das ist absurd. Der Verfassungsschutz bringt nicht irgendwelche Leute um und zweitens: Warum soll ausgerechnet ich Ihnen helfen?“

„Dick, Sie haben doch nichts mehr zu verlieren."
„Woher kennen Sie meinen Spitznamen?"
„Brauchen Sie nun Geld oder nicht? Ich habe genug davon und...", sie kramte in ihrer Handtasche, „...hier ist eine erste Anzahlung von 10.000 Euro."

Er schluckte ein wenig zu laut, so dass sie triumphierend zu ihm herüber blickte.

„Und? Machen Sie es?" Sie trug ein elegantes Kostüm aus teurem Stoff. Ihre langen blonden Haare hatte sie gepflegt zu einem Zopf gebunden. Ihre grünen Augen wirkten geheimnisvoll.

„Erzählen Sie mir die Geschichte und danach gebe ich Ihnen eine Antwort", er gewann wieder seine Lässigkeit zurück.

„Danke", sie lächelte ihn sanft an.

„Andy, mein bester Freund, war ein Computer-Freak. Er hatte sogar einen Mini-Computer gebaut, der in eine Zigarettenschachtel passte und mit der er Spielautomaten manipulieren konnte. Jeden Abend zog er von einer Spielhalle zur nächsten und räumte jeweils den Jackpot an den Automaten ab. Er reiste durch ganz Deutschland, um jede Spielhalle möglichst nur einmal im Jahr zu besuchen. Damit verdiente er seinen Lebensunterhalt. Aber er konnte noch viel mehr, er war ein Hacker. Keine Daten waren sicher vor ihm. Als ich ihn das letzte Mal sah, war er völlig verwirrt, stammelte etwas davon, dass der Verfassungsschutz hinter ihm her und mehrfach in seine Wohnung eingedrungen sei, ihn mit einem Spray ins Gesicht betäubt habe, um hypnotisch auf ihn einzureden, dass er mit niemandem über das reden darf, was er entdeckt hat."

„Aber Ihnen hat er es anvertraut?" Dick wartete gespannt auf die Fortsetzung der Geschichte.

„Ja … und nein. Wie gesagt, er war an dem Tag völlig verstört. Er hatte seinen Arm gebrochen, wollte aber nicht zum Arzt. Er meinte, sie würden ihm folgen. Ich schiente ihm den Arm mit einem Holzbrett und gab ihm eine Suppe zu essen. Er hatte anscheinend schon Tage nichts mehr zu sich genommen. Was er entdeckt hatte, kann ich nicht genau sagen. Er murmelte etwas von *die Regierungspartei hätte acht Milliarden unterschlagen und das wäre nur der Anfang. Wir wären alle nur Spielfiguren.*" Ihre Hände zitterten, als Sie sich eine Haarsträhne aus dem Gesicht strich.

„Ist das alles? Ein bisschen dürftig für eine Ermittlung", erwiderte Dick.

„Ich habe das Gespräch auf Band aufgenommen, es ist bei mir aber nicht sicher. Sie müssen es nehmen. Seine Wohnung wurde komplett gesäubert, da gibt es nichts mehr von ihm", sie wurde immer aufgeregter.

„Dick, nehmen Sie das Tonband und versuchen Sie die Sache aufzuklären, bitte!"

„Wie ist er gestorben?"

„Er wurde im U-Bahn-Tunnel gefunden. Angeblich hat er S-Bahn-Surfen gemacht, oder wie man das nennt."

„Mmmmh, das kann doch sein, viele junge Menschen probieren so etwas."

„Dick, bitte. Andy war 33 Jahre alt. Ein bisschen zu alt dafür, oder?"

„Da haben Sie allerdings recht. Wie heißen Sie eigentlich?"

„Sarah Weiss, ich wohne in Blankenese. Und damit Sie auch gleich alles wissen, ich bin verheiratet mit Lukas Weiss und ich habe vor sechs Monaten das Unternehmen meines Großvaters geerbt und bin so auf einen Schlag Millionärin geworden. Also, nehmen Sie das Geld und klären Sie diesen Fall auf." Sie sah ihn eindringlich an.

„Ach, und ich hatte einen Anwalt eingeschaltet, wegen seiner Wohnung und seinen persönlichen Sachen. Vielleicht können Sie mit ihm auch Kontakt aufnehmen."

„Gut, ich werde mal recherchieren und meine Kontakte spielen lassen. Geben Sie mir Ihre Karte, ich melde mich bei Ihnen."

Er wählte die Nummer des Anwaltbüros. Er hatte das Band abgehört, konnte aber auch nicht mehr verstehen als das, was Sarah Weiss ihm schon gesagt hatte. Der Fall begann ihn zu interessieren.

„Ich möchte bitte Herrn Möller sprechen."

„Tut mir leid, Herr Möller arbeitet hier nicht mehr", säuselte die Dame am anderen Ende der Leitung.

„Aber", er musste sich einen Moment fassen. „Wer bearbeitet den Fall Sarah Weiss/Andy Schubert weiter?"

„Herr Matteschitz, wir haben und hatten diesen Fall hier nicht. Sie müssen sich irren." Dick war für einen kleinen Moment sprachlos.

Einige Tage harter Ermittlungen lagen hinter ihm. An einigen Stellen musste er Geld spielen lassen, an anderen seinen Charme. Nun war es an der Zeit, sich mit Lukas Weiss zu unterhalten.

Sie verabredeten sich im Café Luise. Ein junger, smarter Mann, dunkle Haare und braune Augen, kam mit ernstem Blick direkt auf Dick zu.

„Kannten Sie Andy Schubert? Ich dachte mir, dass Sie mir vielleicht noch ein paar Details nennen könnten." Dick kam gleich zur Sache.

„Ja, ich kannte ihn. Verrückt, er hat sich das Leben genommen. Meine Frau hat das sehr mitgenommen."

„Es war ihr bester Freund, stand er ihr sehr nahe?"

„Was meinen Sie?", Lukas Weiss wurde etwas zornig. „Ihre Frau behauptet, dass er ermordet wurde", konterte Dick.

„Ich vertraue Ihnen jetzt etwas an, weil Sie sich sonst in etwas verrennen, das es gar nicht gibt. Meine Frau ist psychisch gestört. Sie erfindet Dinge, die es nicht gibt, sie denkt sich ständig irgendwelche Geschichten aus. Sie ist in Behandlung, ich habe darauf bestanden."

Dick runzelte die Stirn. „Woher wussten Sie eigentlich, dass ich der bin, mit dem Sie verabredet sind? Das ganze Café ist voll von Menschen."

„Was soll das jetzt?"

„Sarah Weiss hat vor sechs Monaten eine dicke Erbschaft gemacht und Andy Schubert sollte das Unternehmen führen, nicht Sie! Andy und Sarah verbrachten viel Zeit miteinander, um alles zu besprechen. Sie waren eifersüchtig und fühlten sich hintergangen. Sie befürchteten, dass er Ihnen alles nehmen könnte."

Dick schaute Lukas Weiss direkt in die Augen.

„Alles Lüge", keifte Lukas.

„Sie haben einen dummen Privatdetektiv gesucht, um ihre Frau zu beruhigen. Mein Freund, Peter, spielt mit Ihnen Tennis, daher kannte Sarah auch meinen Spitznamen. Sie haben alle Beweise vernichtet. Sie haben die Akten gestohlen, das hat mir die Dame vom Anwaltsbüro erst bei einem persönlichen Gespräch im Vertrauen mitgeteilt. Sie haben Andy unter Drogen gesetzt, keine schwere Aufgabe für einen Chemiker, und dann haben Sie ihn umgebracht. Es sollte alles wie Selbstmord aussehen und ihre Frau hat auch gleich einen täglichen Drogencocktail in ihren Kaffee bekommen. Nur dass sie was gemerkt hat, das haben Sie nicht gewusst. Und ich habe ihr von Anfang an geglaubt."

Lukas Weiss schmiss seinen Stuhl um und lief aus dem Café. Am Ausgang erwarteten Ihn bereits zwei Polizisten.

der logismus

hinter barrikaden
pflanzen manche bäume
wilde bionaden
säumen ihre träume

ewig gleiche banner
tönen aus leiser brust
nur den einen kann er
brechen mit wilder lust

datenautobahn:
rechts nicht frei

der appdepp äfft
viral banal
im digital
bin ichichich

von bit zu byte
ein mensch allein
trotz hype um skype
kann einsam sein

der avatar
das bild als kopf
patentdruckknopf
ich binnichich

Ein Uhrwerk weicht ab

Tick, tack, tick, tack, … Ein Leben wie ein Uhrwerk. Präzise, gewissenhaft, geordnet und immer gleich – das war das Leben von Richard Feddersen. Er lebte nach der Uhr, stand jeden Morgen um die gleiche Zeit auf, kam um die gleiche Zeit in sein Büro, aß um die gleiche Zeit zu Mittag und ging um die gleiche Zeit schlafen …

Nur an diesem trüben Novembertag lief das eine oder andere Zahnrad nicht so rund und man hätte das Uhrwerk aufschrauben müssen, um den Mechanismus zu finden, der solche Abweichungen von der Regel verursachte.

Es war 17.18 Uhr, in zwölf Minuten würde Feddersen sein Büro verlassen, wie jeden Tag. Sein Schreibtisch war bereits aufgeräumt, er öffnete eine Schublade und holte den Staubwedel heraus. Damit wischte er über seinen Computer und das Telefon. Danach nahm er ein Desinfektionstuch, um seine Hände zu reinigen. Nur noch ein letzter Schritt zum Fenster, um die Jalousien zu schließen. Feddersen arbeitete im 10. Stock eines Versicherungsunternehmens, und das bereits seit 33 Jahren. Die eine Hand an der Schnur, den Blick auf das gegenüberliegende Haus gerichtet.

„Nein. Nein! Zurück. Oh Gott, was macht der denn da?“

Feddersens Gesicht bekam hektische rote Flecken, sein Herz raste. Ein Blick auf die Uhr. Nur noch sechs Minuten.

War er der Einzige, der sah, was sich auf dem Dach des gegenüberliegenden Hauses abspielte? Er könnte einfach seine Tasche nehmen und pünktlich wie immer seinen Arbeitsplatz verlassen. Und keiner hätte bemerkt, dass er anscheinend der Erste war, der dieses Drama sah.

17.26 Uhr, nur noch vier Minuten. Schweiß bildete sich auf seiner Stirn: „Mein Name ist Richard Feddersen, Sehbornstr. 1-3, 10. Stock. Gegenüber will einer vom Dach springen."

17.34 Uhr – er war zum ersten Mal seit 33 Jahren zu spät. Er konnte die Sirenen der Feuerwehr bereits hören.

Feddersen würde jetzt keine Minute länger warten.

Der Pförtner in der Empfangshalle sagte: „Sie waren noch nie unpünktlich, Herr Feddersen. Heute scheint ein besonderer Tag zu sein."

„Stimmt genau", sagte Feddersen. „Auf Wiedersehen."

Wenn er jetzt laufen würde, könnte er seinen Bus, die Linie 60, noch erreichen. Es fühlte sich sonderbar an, er konnte sich nicht daran erinnern, wann er das letzte Mal gerannt war. Feddersen keuchte, die Luft wurde knapp. Aber es war auch ein schönes Gefühl und Erinnerungen an seine Jugend kamen ihm in den Sinn. Er war doch ein sportlicher junger Mann gewesen, warum hatte er das nur vergessen?

Otremba, der diesen Bus schon immer fuhr, sah Feddersen heranspurten und hielt die Tür offen.

„Danke. Schöner Abend heute", sagte Feddersen.
„Soll aber noch regnen", gab Otremba zurück.
„Dabei hatten wir doch in letzter Zeit eine ganze Menge Regen", sagte Feddersen.
„Da haben Sie Recht."

Freundlich nickend ging Feddersen weiter und setzte sich auf den gleichen Platz wie jeden Abend. Er las seine Zeitung. Hinter ihm saß eine junge Frau mit einem Kind. Die Mutter war bemüht, das kleine Mädchen mit den mandelförmigen Augen und der ansteckend fröhlichen und warmen Ausstrahlung auf ihrem Platz zu halten. Es war ein Kind mit Down Syndrom, das am Kragen von Feddersen herum zupfte. Feddersen drehte sich um und sah ein offenes Lachen. Die Kleine wollte mit ihm anscheinend Kontakt aufnehmen.

Feddersen legte seine Zeitung beiseite, was er in den letzten 33 Jahren noch nie getan hatte.

„Hallo, ich bin Richard Feddersen. Und du?"

Er bekam keine Antwort. Die Mutter entschuldigte sich für die Störung.

„Es ist schon gut, was ist eine Zeitung schon gegen so ein herzliches Lachen", und dabei seufzte er.

An seiner Haltestelle stieg er aus und ging den gewohnten Weg: erst die Goethe-Straße entlang, dann links die Nord-Allee und nochmal links in die Lindenstraße bis zu seinem Haus. Lindenstraße 22.

Wie gewöhnlich machte er sich selbst etwas zu essen. Nach dem Essen machte er den Abwasch, räumte auf und ging ins Wohnzimmer, wo er den Fernseher einschaltete. Regelmäßig um 23.00 Uhr machte er den Fernseher aus und ging ins Bett. Dabei schaute er ein letztes Mal für diesen Tag auf seine Uhr.

17.26 Uhr

tiker

an poli
op asthma
syphili
kri drama

informa
mathema
informa
numisma

tak logis
plas roman
sta statis
mys seman

diäte
diabe
diäte
kyberne

sta kosme
prak pragma
arithme
skep dogma

analy
theore
analy
op gene

spas phlegma
gnos agnos
charisma
an prognos

aphoris
dialek
aphoris
epilep

kri fana
tak neuro
plas gramma
mys neuro

sta eklek
prak empha
sta eklek
skep sokra

Alter ego

Ernie – personifizierter Begriff
für Bankrott – oder sozusagen Schiff
ohne Steuermann –
nach Belieben kann
man definieren: Feierabendsucht,
mangelndes Pflichtgefühl und Arbeitsflucht.

Ernie – das ist gleichsam das Surrogat
für gemütvolles Negativformat –
parasitär:
so ungefähr
lässt sich dieses Phänomen wohl deuten -
gänzlich ist es schwerlich zu enthäuten ...

Ernie – zu verwechseln nicht
mit Ernst – denn zu viel Gewicht
liegt in diesem würdigen Namen -
der fällt hier völlig aus dem Rahmen.

Ernst – das scheint zu selbstbewusst,
hat gleichermaßen eigne Brust
in die er stolz sich selber schmeißt -
Ernie man nur die seine weist ...

Wie kämen Menschen wohl zum Rasten,
würd' ein Ernie sie nicht entlasten:
Ein Ernie wird nur angespitzt,
und wenn er voller Arbeit sitzt,
so muss er doch sofort, auf kurzes Pfeifen,
auch jede andre Tätigkeit ergreifen ...

Ernie bedeutet zweckgebunden
ein Objekt, das in Abendstunden
am Besten im Büro gedeiht –
so viele Ehen sind schon untergraben,
nur dieses Ernie will es anders haben –
war je ein Objekt recht gescheit??

Ernie, Ernst, das sind zwei Brüder
von ganz verschiedenem Format:
Ernie wird immer müder,
Ernst ist wach und voll auf Draht.

Ernst, den sieht man sich entwickeln
bis zu den allerhöchsten Höh'n –
Bei Ernie sieht man nichts als Pickeln
und Füße, die nach innen steh'n.

mannsein

die trolle
der kontrolle
spielen eine rolle
bei der wartung
eines er

Fahrstuhl aufwärts

Hamburg, Reeperbahn-Hochhaus Nummer 197. Die Wände der endlos wirkenden Flurkorridore sind verschmiert, fensterlos und dunkel. Vereinzelt blitzt eine Neonlampe auf und erhellt einen Gang für eine Sekunde. Der Fußboden ist dreckig, gebrauchte Spritzen von Junkies, die tagsüber im Treppenhaus vegetieren, liegen in den Ecken. Der Gestank von Erbrochenem und Urin beißt in die Nase.

Eine Frau drückt den Fahrstuhlknopf. Ihre Gestalt wirkt schmächtig, ihre aschblonden Haare sind ordentlich zu einem Pferdeschwanz gebunden. Einzelne Strähnen, die sich aus dem Zopf lösen, streicht sie mit ihren gepflegten Händen immer wieder nach hinten. Es scheint wie ein nie endendes Spiel.

In diesem Haus wirkt sie wie eine graue Maus im Papageienkäfig. Hier wohnen die Bunten und Schillernden, die schweren Jungs und leichten Mädchen.

Der Fahrstuhl kommt aus der Tiefgarage und hält im Erdgeschoss. Nur eine Frau, offensichtlich ein Transvestit, fährt mit ihr nach oben. Sie mustert die einsteigende Frau.

„Aber Schätzelein, was machst du denn hier?"

„Es geht Sie eigentlich nichts an, aber ich habe eine Verabredung im 13. Stock", erwidert die Frau, wobei sie sich wieder nervös ein paar widerspenstige Haare aus dem Gesicht streicht.

„Weißt du, Kleines, du gehörst hier irgendwie nicht hin. Aber was soll´s, also mein Name ist Edith.“

„Ich bin Madeleine“, und dabei huscht ein kaum sichtbares Lächeln über ihre Lippen.

Der Fahrstuhl hält im 4. Stock, Edith steigt aus und verabschiedet sich überschwänglich von Madeleine. Die junge Frau ist gerührt und ein Gefühl von Wärme steigt in ihr auf.

Der Fahrstuhl schließt seine Tür. Madeleine begutachtet sich im Spiegel, eine ältere Frau starrt sie mit kalten Augen an: „Ja Mutter, mein Gesicht gleicht dem deinen, aber ich werde niemals so eiskalt sein wie du!“

Im 6. Stock steigt ein Mann mit Zopf und bunt gemusterten Pluderhosen dazu, in seiner rechten Hand hält er einen Joint. Er nimmt einen tiefen Lungenzug - und bekommt einen furchtbaren Hustenanfall. Er blickt zu Madeleine, die sich ihre Hände vor Nase und Mund presst, um nicht den Rauch einatmen zu müssen, der schon im ganzen Fahrstuhl steht wie ein dichter Nebel im Morgengrauen. Durch seine kleinen Augenschlitze mustert er Madeleine und kichert. Erst ganz leise, wie ein kleines Kind, das heimlich ein bisschen rumgluckst. Dann immer lauter. Schließlich so laut, dass Madeleine mitlachen muss. Sie weiß, dass er über sie lacht, aber das ist ihr egal.

„Es tut mir so leid“, kichert er. „Mir nicht, hab' schon lange nicht mehr so gelacht“, antwortet Madeleine.

„Ich bin Frank und wohne im Achten. Komm doch einfach mal vorbei, wenn du Lust hast."

„Mach ich, wenn ich Lust hab", entgegnet Madeleine.

Frank steigt aus, und jetzt betritt ein älterer Mann mit einem Kampfhund den Fahrstuhl. Er drückt die 11 und schaut sie missmutig an: „Bist du vom Amt?"

„Sehe ich so aus?", antwortet sie mit ruhiger Stimme.

„Ja, und ich sage dir, du kannst dich gleich wieder verpissen. Hier öffnet dir sowieso niemand die Tür. Ein bisschen gefährlich ist das Pflaster schon für dich", poltert der Typ sie an.

„Dann werde ich mir wohl mal ihren American Stafford ausleihen müssen. Ihr Hund leidet übrigens unter einem Nährstoffmangel, das sieht man am Fell. Ich würde einmal die Woche ein rohes Ei füttern und täglich Frischfleisch mit Reis und einer geriebenen Karotte. In ein paar Wochen glänzt sein Fell wieder und die juckenden Ekzeme sind verschwunden", entgegnet Madeleine.

Dem Mann fällt sichtlich die Kinnlade herunter. Sein Gesichtsausdruck verändert sich schlagartig. Sie hat gepunktet.

„Okay danke, ne! Wir sehen uns", mit den Worten verlässt er den Fahrstuhl.

Nur noch zwei Stockwerke. Mutter hat immer nur *ihr* Bestes gewollt. Akademikerin sollte sie werden, ganz unbedingt einen Doktortitel haben. Sie trieb sie schon als Kleinkind zu Bestleistungen: Mit gerade mal vier Jahren musste sie lesen und schreiben lernen. Seitdem ist sie ein wandelndes Lexikon, aber das wahre Leben hat sich bei ihr noch nicht vorgestellt.

Der 13. Stock ist da. Vor dem Fahrstuhl steht bereits ihre Verabredung: „Guten Tag, Frau Büker."

„Hallo, Herr Wiechmann."

„Dann lassen Sie uns doch in die Wohnung gehen, alles Weitere klären wir dort", antwortet Herr Wiechmann.

„Gut, ich bin mir sicher, dass ich das Richtige tue", sagt Madeleine. „Ganz ehrlich, Frau Büker, ich habe während meiner zwanzigjährigen Laufbahn als Makler noch nie eine Wohnung in diesem Haus an eine Wissenschaftlerin vermietet." Madeleine nickt und ihre Augen blitzen auf.

leitkultur 20.15

hanging baskets
für blühende
oberbayrische
hängegeranien
in blühenden
niederdeutschen
ortsbildern

der 4. buchstabe

#nabu#merkel#iaa
#hase#schlittschuh#fkk
#müller#meier#kva
#auto#kurve#**l**maa

Über die Autoren:

Angela Haubrich, Kulturmanagerin, Mutter zweier Töchter, kam erst vor einigen Jahren zum Schreiben. Seitdem schreibt Sie humoristische Romane und immer wieder Kurzgeschichten aus dem ganz normalen Leben.

Thomas E. Haubrich, Kommunikationswirt und Meditationslehrer, Vater jener zweier Töchter, widmet sich, nach einigen Jahren der Suche, nur noch der Kunst und Meditation sowie dem poetischen Spiel mit Worten und Lauten.

9928436R00045

Printed in Great Britain
by Amazon.co.uk, Ltd.,
Marston Gate.